Quoy que tres-rarement la Paix avec Bellone
Se ſoient donné la main ;
C'eſt ce que nous voyons, c'eſt ce qui nous eſtone
Sous un tel Souverain.

F. Muguet Typog. Gi. Audran inuen. et Sculp.

SONNETS
A LA LOUANGE
DE
LOUIS LE GRAND

Sur les Rimes propoſées en 1682.

ET QUELQUES UNS EN RIMES PARLANTES preſentés à ſa MAJESTE'

PAR

G. CONRAD SCHUSTER D.
de Leipsig.

A PARIS,
Chez FRANÇOIS MUGUET, Imprimeur ordinaire du Roy.

MDCLXXXIII.

SUR LA GRANDEUR DU ROY

SONNET

EN RIMES PARLANTES.

ON appelle LOUIS tantost grand tantost *Bon*
Les Grands disent grand Roy le Peuple dit bon *Sire*
Mais quand on dit ces mots de quel cœur les dit- *on*
N'est-ce pas en effet qu'on l'aime & qu'on l' *admire*

Entendez-vous jamais que l'on change de *ton*
En parlant de LOUIS ou bien de son *Empire*
N'en exprime-t-on pas ce que dicte *Apollon*
Et ce que le respect ou le transport *inspire*

Combien à son honneur a-t-on fait de *concerts*
Combien sur ses vertus a t-on chanté de *vers*
Et qui pourra tout croire en lisant son *Histoire*

Cæsar eust envié la puissance qu'il *a*
Et si jamais Heros de grandeur se flat *ta*
Du Monarque des Lys il ignoroit la *gloire*

SUR L'ETAT DE LA FRANCE SONNET

EN RIMES PARLANTES.

FRance ſemblable aux lieux où deſcendit *Mercure*
Pour y rendre en tout point les Peuples *ſatisfaits*
Que peux-tu concevoir meſme dans tes *ſouhaits*
Que ton propre bon-heur deja ne te *procure*

Contre tes Ennemis tu te dois croire *ſûre*
Sous les Loix d'un Monarque Arbitre de la *Paix*
Bellone malgré luy ne regnera *jamais*
La diſcorde non plus ne fera point *rupture*

Quoy que les envieux enragent de *cela*
Aucun d'eux contre toy jamais rien ne *fera*
Si quelqu'un parle mal tu le laiſſeras *dire*

Ta gloire cependant paroiſtra juſqu'aux *Cieux*
Ton Roy vivra content dans un ſi bel *Empire*
Et tes Enfans ſous luy s'eſtimeront *heureux*

SUR LA CONDUITE DE LA COUR DE FRANCE SONNET EN RIMES PARLANTES.

CEnt & cent fois heureux ceux qui ſervent *la France*
Je ne m'eſtonne pas qu'on aime ſon *ſejour*
Que l'on ſoit ſuſceptible ou de gloire ou *d'amour*
On y trouve moyen de faire quelque *avance*

On y vit ſous un Roy qui toûjours *recompenſe*
Tant de rares Eſprits qui paroiſſent *en Cour*
De cent & cent bienfaits joüiſſent *tour à tour*
Qu'il ſçait leur diſpenſer toûjours *avec Prudence*

Jamais Roy n'aima tant la *Generoſité*
Il n'abandonne point les gens de *probité*
Que la vertu ſe montre il eſt toûjours pour *elle*

O France autant de temps que le monde *ſera*
Ton Auguſte grandeur ſe ſoutiendra *par là*
Et tu peux t'aſſeurer d'une gloire *immortelle*

SONNET

AU ROY.

VOus eſtes des Bergers plus eſtimé que *Pan*
Vous joüez l'Ennemy comme on fait la *Guenuche*
Le nom de tres-Chreſtien fait peur meſme à *Satan*
Vous brillez ſous la laine autant que ſous la *Pluche*

Vous courez à la Gloire auſſi viſte qu'un *Fan*
Vos ſubjets ſont unis comme ceux d'une *Ruche*
Cent Villes depuis peu ſont à vous comme *Lân*
Dans Chio voſtre Flotte eſpouvante l' *Autruche*

Un ſuperbe Triomphe en tous lieux vous eſt *Hoc*
Jupiter avec vous de ſa Foudre a fait *Troc*
Chacun des autres Dieux vous cedera ſa *Niche*

C'eſt de vous ſeul qu'on dit : *Nec pluribus Im-par*
Quand on veut vous loüer nul eſprit n'eſt en *Friche*
Tel eſt noſtre plaiſir fait voſtre unique *Car*

LES

SONNET
SUR LES AVANTAGES
DU ROY.

J'Ay plus d'adorateurs que n'en eut le Dieu *Pan*
J'ay rendu l'Ennemy ridicule en *Guenuche*
Je fais que mes ſoldats ne craindroient pas *Satan*
Je me plais ſous le fer autant que ſous la *Pluche*

J'eſtonne le Lion comme le moindre *Fan*
J'entretiens mes Eſtats reglés comme une *Ruche*
Par Conqueſtes je puis compter les jours de *L'an*
Je fais croiſtre mon Coq auſſi gros qu'une *Autruche*

J'ay des pretentions qui deja me ſont *Hoc*
De Gloire avec Ceſar je ne ferois pas *Troc*
Je chaſſe les plus fiers chacun hors de ſa *Niche*

Tels peuples diſoient l'or je leur fais dire *Par*
Les champs de mes voiſins quand je veux ſont en *Friche*
Je commande & je dis pour toute raiſon *Car*

SONNET

SUR L'EFFET

DES ARMES DE FRANCE

LOUIS est aux François ce qu'est aux Bergers *Pan*,
Reveré des pays d'où nous vient la *Guenuche*,
Il repand en tous lieux plus d'effroy que *Satan*,
Armé de sa Cuirasse ou revestu de *Pluche*.

Il donne à l'Ennemy la fuite comme au *Fan*,
Quand il veut il le fait esloigner de sa *Ruche*,
Il peut par ses exploits compter les jours de *L'an*,
Les plumes d'un Heron & celles d'une *Autruche*.

Il se peut asseurer qu'à sa main tout est *Hoc*,
Nulle part son Conseil ne fait un mauvais *Troc*,
Il n'est point de Climats où le François ne *Niche*.

On tremble de Terreur lors qu'on entend de *Tar*,
On ne voit nul endroit de son Royaume en *Friche*,
Il n'est jamais contraint de rien dire apres *Car*.

SONNET

SUR L'ARDEUR DES POETES

A LOUER LE ROY.

AUtant que les Payens reveroient *Jupiter*,
Qu'un malade fait cas d'un bon *Pharmacopole*,
Qu'un blesſé conſidere un habile *Frater*,
Et que la mere Abbeſſe eſt plus que ſœur *Nicole*.

LOUIS pour qui chacun dit ici ſon *Pater*;
Et pour qui tant de gens font aux champs *caracole*;
Eſt autant reſpecté de tous ſans *diſputer*,
Et ſa Politique eſt des autres la *Bouſſole*.

Les Poëtes reſolus de le rendre *immortel*,
A qui le fera mieux ſe preſentent *Cartel*,
Mais luy-meſme ſoûtient que c'eſt-là ſon *affaire*.

Quoy donc ceſſerons-nous de luy voüer nos *Vers*,
Non, non, taſchons plûtoſt d'en remmplir l'-*Univers*;
Apollon ne nuit point à ce que Mars peut *faire*.

SONNET

SUR L'IDE'E QUE L'ON A PAR TOUT DE SA MAJESTE'

LOUIS eſt icy bas ce qu'au Ciel *Jupiter*,
C'eſt ce que comprendra meſme un *Pharmacopole*,
Un Courtaut de boutique, un Laquais un *Frater*,
Un Maiſtre Sebaſtien, une Dame *Nicole*.

A l'Egliſe pour luy chacun dit ſon *Pater*,
Pour ſon ſervice aux Champs le Dragon *caracole*,
Dans l'Eſcole en ſon nom, l'on entend *diſputer*,
A ſon profit ſur mer on tourne la *bouſſole*.

De toutes les façons il doit eſtre *immortel*,
Perſonne n'oſeroit luy preſenter *Cartel*,
D'obtenir ſa faveur on ſe fait une *affaire*.

Phœbus à ſa louange a tourné tous les *Vers*,
Sans luy rien ne ſe fait dans tout cet *Univers*,
Ou ce qu'on fait ſans luy du moins eſt à *refaire*.

SONNET
SUR LE PORTRAIT
DU ROY.

QUoy que les Livres ſaints auſquels nous devons *croire*,
Portent que c'eſt Dieu ſeul que l'on doit a- *dorer*,
Nous y liſons auſſi que l'on peut ad- *mirer*,
Une image de Dieu dans les Rois pleins de G- *loire*.

Aprés les Livres Saints ſi nous ouvrons l'- *Hiſtoire*
C'eſt de LOUIS ſur tout que l'on peut *aſſeurer*,
Que Dieu de ſes rayons a voulu l'eſcl- *airer*,
Et que ce ſont ſes traits qui charment la *Victoire*.

Quand un habile Peintre a bien fait ſon *devoir*,
O combien de Grandeur ſon Portrait nous fait *voir!*
Que la Gloire ſur tout dans ſes yeux étin- *celle*.

Qu'on porte ce Portrait par tout dans l'Un- *ivers*,
Des Peuples il aura l'Eſtime univer- *ſelle*,
Et pour l'Original les Cœurs ſeront ou- *vers*.

SONNET SUR L'ENTREPRISE DE L'HISTOIRE DE LOUIS XIV.

ENfin la France a veu ce qu'elle n'oſoit *croire,*
Tout aux pieds de ſon Roy comme pour l'a- *dorer,*
Cent Peuples le benir, mille autres l'ad- *mirer,*
Tous loüer ſes Vertus & celebrer ſa g- *loire.*

Mais vous qui commencez d'eſcrire ſon *Hiſtoire,*
O que d'un long travail je vous puis *aſſeurer,*
Car par tout où Phœbus va ſans ceſſe écl- *airer,*
Il faut dans chaque lieu dépeindre une *Victoire.*

De long-temps vous n'aurez remply vôtre *devoir,*
Vous n'avez pas tant veû, que vous aurez à *voir,*
De la part d'un Heros, qui pourſuit, qui har- *celle ;*

De l'un à l'autre Pole il tiendra l'Un- *ivers,*
Qui de vous en fera l'Hiſtoire univer- *ſelle,*
Et qui pourra traiter tant de ſujets d- *ivers?*

SONNET
SUR LES EXPLOITS
DE LA FRANCE
SANS BORNES.

MOn Roy fait aiſément ce qu'on a peine à *croire*,
Du plus fin or de l'Inde il pretend me *dorer*,
Par luy dans le Jourdâin je me pouray *mirer*,
Comme à preſent je puis me mirer dans la *Loire*.

Dans tous les coins du monde on ſçaura ſon *Hiſtoire*,
Déja ſur le paſſé je m'en puis *aſſûrer*;
Son Soleil en effet peut bien tout écl- *airer*,
Par tout accompagné de la meſme *Victoire*.

Tous les Peuples ſous luy ſeront dans le *devoir*,
Tous ſeront fortunez d'eſtre ſous ſon pou- *voir*,
Connoiſſant que luy ſeul par deſſus tous ex- *celle*.

Mon Roy doit en un mot gouverner l'Un- *ivers*,
Sa conqueſte ſera Conqueſte univer- *ſelle*,
Et chacun dans ſa Langue en eſcrira des *Vers*.

SONNET
SUR LE SOLEIL
DE FRANCE.

APres m'eſtre élevé plus qu'on ne pouvoit *croire*,
Je puis de mes rayons tout le monde *dorer*,
Auſſi loin que Phebus je me fais ad- *mirer*,
Mais je parois toûjours dans une eſgale g- *loire*.

Ma Carriere fournit un beau ſujet d'- *Hiſtoire*,
De ma bonne influence on ſe peut *aſſeurer*,
De ma lumiere auſſi chacun doit s'eſcl- *airer*,
Je ſuis ſur les drapeaux un ſigne de *Victoire*.

Quand je veux retenir chacun dans ſon *devoir*,
Il ſuffit pour cela que je me faſſe *voir*,
Ma preſence affermit le ſubjet qui chan- *celle*,

On dit deja de moy dans des pays d- *ivers*,
Que l'Ocean ne peut non plus que la Mo- *ſelle*,
Empeſcher que mon Char ne coure l'Un- *ivers*.

SONNET

SONNET

SUR LE MERITE EXCELLENT

DE SA MAJESTE

APres ce que l'Eſprit eſt obligé de *croire*,
Et ce qu'avec reſpect le Cœur doit a- *dorer*,
Dans le monde il n'eſt rien que l'on puiſſe ad- *mirer*,
Si de LOUIS LE GRAND l'on n'admire la G- *loire*.

Des fameux Conquerants dont nous parle l' *Hiſtoire*,
Ce qui paroiſt en luy ne ſe peut *aſſeurer*,
Tu ne te laſſes point, Soleil, de l'eſcl- *airer*,
Depuis le temps qu'il va de Victoire en *Victoire*.

En le favoriſant le ſort fait ſon *devoir*,
Puis que pour la Vertu, tel qui ſemble en a- *voir*,
Aupres de ce grand Roy n'en a qu'une eſtin- *celle*.

J'en appelle à témoins tant de peuples d- *ivers*,
Dont il a de tout temps l'eſtime univer- *ſelle*,
Et qui n'en tiennent point leurs ſentiment cou- *vers*.

SONNET

SUR LES RAISONS DU TRIOMPHE

DE SA MAJESTE

Peut-on d'un si grand Prince ou trop dire ou trop *croire?*
N'a-t-on pas de la peine à ne pas l'a- *dorer?*
Cessera-t-il jamais de se faire ad- *mirer?*
D'où ne pourra-t-on pas voir l'esclat de sa g- *loire?*

Trouve-t-il jusqu'icy son pareil dans l' *Histoire?*
Ne peut on pas sous luy contre tout s' *asseurer?*
Porte-t il un Soleil pour ne pas escl- *airer?*
Et n'esclaire-t-il pas toûjours vers la *Victoire?*

Qui se soûmet à luy, ne fait que son *devoir,*
Du merite il en a ce qu'on en peut a- *voir,*
Personne en aucun point par dessus luy n'ex- *celle.*

A qui donc peut-on mieux soûmettre l'Un- *ivers?*
Tambours, battez aux champs, trompettes boutte-*selle,*
Qu'il triomphe au plûtost dans les pays d- *ivers.*

SONNET

SUR LA NECESSITE' DE RECONNOISTRE LE POUVOIR

DU ROY.

PEuples intimidez, si vous m'en voulez *croire,*
Vous suivrez les destins qu'on ne peut qu'a- *dorer:*
A reconnoistre un Roy, qui se fait ad- *mirer,*
A recevoir ses loix, vous mettrez vostre g- *loire.*

Vous n'en aurez jamais de blasmer dans l' *Histoire,*
D'ailleurs rien contre luy ne vous peut *asseurer,*
Et plûtost le Soleil cessera d'escl- *airer,*
Que de nous faire voir LOUIS sans la *Victoire.*

Moy, qui vous avertis d'entrer dans ce *devoir,*
J'estime que pour luy le sort fait son pou- *voir,*
Et que la Parque file une longue fi- *celle.*

Je connois qu'il repand par ses exploits d- *ivers,*
Chez tous ses ennemis la crainte univer- *selle,*
Qui peut donc l'empescher de domter l'Uni- *vers.*

SONNET

SUR LE VRAY MERITE.

ENfin voicy le temps qu'on n'en ſait plus ac- *croire,*
On a beau ſe bien mettre, on a beau ſe *dorer,*
Le faſte ſert de peu pour ſe ſaire ad- *mirer,*
Il faut avoir du cœur, pour avoir de la g- *loire.*

Quiconque à l'avenir aura lieu dans l' *Hiſtoire,*
Sur ſon courage ſeul pourra s'en *aſſeurer,*
Combatant ſous un Roy qui ſçaura l'eſcl- *airer,*
Et juger ſi ſes Pas tendront à la *Victoire.*

Heureux qui dans le Camp remplira ſon *devoir,*
Qui ſur terre, ſur mer, par tout ſe fera *voir,*
Sans perdre tout ſon temps à chercher la Pu- *celle.*

LOUIS l'ayant comblé de mille honneurs d- *ivers,*
Sa louange ſera, louange univer- *ſelle,*
Et pour la celebrer chacun fera des *Vers.*

SONNET

SONNET

SUR LA MODESTIE DU ROY.

ALexandre autrefois a voulu faire *croire,*
Qu'estant fils de Phœbus on devoit l'a- *dorer,*
Mais LOUIS qui par tout se fait tant ad- *mirer,*
Ne cherchera jamais une si vaine g- *loire.*

Ce grand Roy ne veut point qu'en faisant son *Histoire,*
On dise rien de luy, qu'on ne puisse *asseurer,*
Attestant le soleil, qui n'a pû l'écl- *airer,*
Sans le voir chaque jour remporter la *Victoire.*

On le loüe & l'on fait en cela son *devoir,*
L'un parle de ses faits, l'autre de son pou- *voir,*
Chacun dit que sur tout son grand Courage ex- *celle.*

Luy toûjours au dessus de ces discours d- *ivers,*
Il croit qu'il faut avoir un cœur de Demoi- *selle,*
Pour donner sa creance à ce qu'on dit en- *Vers.*

SONNET

SUR L'ALARME DES VOISINS

DE LA FRANCE.

PEuples circonvoiſins, d'où vient voſtre *Terreur?*
La perte de vos biens eſt-elle ſans re- *miſe?*
Non, non, de vos eſprits banniſſez la *ſurpriſe:*
Je ſçauray des ſoldats arreſter la *fureur.*

Mais ſi ſur mes ſubjets on fait quelque *entrepriſe:*
Auſſi-toſt mes Canons rempliront tout d' *horreur:*
Trop tard mon Ennemy connoiſtra ſon *erreur,*
Il faudra que chez-luy mon Nom s'immorta- *liſe.*

Eut-il à ſon ſecours la force des *Enfers,*
Ses plus fiers Generaux tomberont dans les *fers,*
Telles conditions ſeront les plus hon- *eſtes.*

Pour tenir contre-Moy ſes efforts ſeront v- *ains:*
Je n'écouteray plus ny plaintes ny re- *queſtes:*
Rien ne fera tomber les Armes de mes *mains.*

SONNET
SUR LA JUSTICE
DU REGNE
DE SA MAJESTÉ

DU temps que le grand Mars combatit sur la *Terre,*
Se fit-il admirer par de plus beaux *exploits ?*
Jupiter regna-t-il par de plus sages *loix ?*
Que ce Roy qui fait bruit autant que le Tonn- *erre.*

Si jamais d'un Oracle on redouta la *voix,*
Quand la Sienne s'entend, chaque cœur se re- *serre,*
Si contre l'injustice Hercule fit la *guerre,*
De LOUIS apres luy ne fera-t-on pas *choix.*

Aussi-tost qu'un broüillon veut troubler son Em- *pire,*
Comme quand un Geant contre le Ciel con- *spire,*
Il se voit à l instant sur la terre é- *tendu,*

Heureux donc de ce Roy les Subjets *volontaires,*
Qui d'un autre jamais ne seront *tributaires,*
A moins que du Ciel mesme il ne soit descen- *du.*

SONNET
SUR LA CLEMENCE
DU ROY.

GRand Roy ſi vous n'allez juſqu'au bout de la *Terre*,
Si dans quelque Pays vous bornez vos *exploits*,
C'eſt la ſeule bonté qui vous preſcrit des *loix*,
Comme le doux Zephir appaiſe le Tonn- *erre*.

Par le Commandement de vôtre Auguſte *Voix*;
On voit que chaque Prince au logis ſe re- *ſerre*,
Vous aimant dans la paix plûtoſt que dans la *guerre*,
Heureux d'avoir appris que vous faites ce *choix*.

Chacun pour le repos depuis long-temps ſoû- *pire*,
Dans le repos enfin par vous chacun re- *ſpire*.
Et ſi Voſtre pouvoir n'eſt pas plus é- *tendu*,

C'eſt que Vous luy donnez des bornes *volontaires*,
Pourtant les Nations ſans eſtre *tributaires*,
Confeſſent que l'honneur chez elles vous eſt *du*.

SONNET SUR LA MODERATION DU ROY.

TOut ce que l'on a veu de Puissans sur la *Terre*,
Ont fait pour s'aggrandir un grand nombre d' *exploits*,
De l'ambition seule ils ont suivi les *loix*,
Sans songer qu'à la suivre assez souvent l'on *erre*.

LOUIS de la Clemence écoute plus la *voix* :
Le plus grand appareil en un moment se *serre*,
Lors que cette Vertu deconseille la *guerre* ;
Quoy qu'il ait & la Paix & la guerre en son *choix*.

S'il voit que l'Ennemy de foiblesse soû-*pire*,
Il luy veut faire grace, il permet qu'il re-*spire*,
Content de voir deja son Empire é-*tendu*.

Tous les combats qu'il rend, sont combats *volontaires*,
Non pas tant pour avoir de nouveaux *tributaires*,
Que pour montrer qu'en guerre il est bien enten-*du*.

SONNET
SUR LES SENTIMENS
DES FRANÇOIS

IL n'eſt pas juſqu'à ceux qui labourent la *Terre*,
Qui ne ſoient glorieux de vos rares *Exploits*,
On leur pouroit ailleurs offrir de bons Emp-*loix*,
Qu'ils ſe tiendroient ſous Vous à dreſſer un Part-*erre*,

Diſant, vive le Roy, d'une commune *voix*,
Chacun coupe ſon bled, le ramaſſe, & le *ſerre*,
Que vous ſoyez en Paix, que vous faſſiez la *guerre*,
De vos ſages Conſeils ils approuvent le *choix*;

Si quelque mauvais temps fait que quelqu'un ſoû-*pire*,
L'abondance d'ailleurs fait auſſi qu'il re-*ſpire*,
Sçachant que le Terroir eſt par Vous é-*tendu*.

Depuis les plus reduits, juſqu'aux plus *volontaires*,
Vos Peuples ſans regret ſe rendent *tributaires*,
Ne croyant jamais faire autant qu'il Vous eſt *du*.

SONNET
SUR L'ESTAT
DE LA FRANCE.

COmme mon Souverain m'exemte de *Terreur*,
On me peut toûjours voir bien contente & bien *miſe*,
Tous les autres Eſtats en ſont dans la *ſurpriſe*,
Et meſme quelques-uns en crevent de *fureur*.

Quand on croit que mon Roy médite une *entrepriſe*,
Auſſi-toſt tout le monde en conçoit de l' *horreur*,
Et que la choſe ſoit, ou que ce ſoit *erreur*,
Mes voiſins font des vœux, chacun dans ſon Eg- *liſe*.

Mon Ennemy ſe croit revenu des *Enfers*,
Toutes les fois qu'il ſonge aux maux qu'il a ſouf- *fers*,
Les jours depuis la Paix luy ſont autant de F- *eſtes*.

Mon Laboureur cultive & moiſſonne des gr- *ains*,
Tant ſur les champs compris aux dernieres Con- *queſtes*,
Que ſur ceux que ſon Pere avoit entre les *mains*.

SONNET
SUR LES
LOUIS.

DEpuis que les LOUIS ont paru dans le Monde,
Par tout on a conceu de l'eſtime pour eux,
Auprés des Gens ſans cœur, auprés des genereux,
Des Grands & des petits, leur gloire eſt ſans ſeconde.

Les LOUIS ſont cheris dans une paix profonde,
Comme pour eux on fait des combats glorieux,
Ils peuvent bien domter le Soldat furieux,
Et charmer puiſſamment la fierté d'une Blonde.

Jamais on ne s'eſt plaint d'avoir trop de LOUIS,
O France gardes bien celuy dont tu joüis,
Demandes qu'avec Luy le Ciel t'en donne d'autres;

Mais le Ciel a deja prevenu ton deſir,
Deja Peuples heureux, XV. LOUIS ſont voſtres,
Sans compter maintenant les LOUIS à venir.

SONNET

SONNET.

SUR LE BRUIT QUI COURUT DES COUCHES DE MADAME LA DAUPHINE

environ le 7. Juillet 1682.

LE grand empreſſement des fideles Subjets,
Pour voir multiplier la Famille Royale,
Fait que les veritez & les bruits ſans effets,
Trouvent ſouvent en eux une creance égale;

La Renommée entrant dedans leurs intereſts,
A fait dire en ces jours par certaine Cabale,
Qu'un Prince nouveau né ſelon tant de ſouhaits,
Demandoit qu'on couruſt viſte à la Cathedrale;

Pour moy, loin de blaſmer cette credulité,
Princeſſe, en la joignant aux marques de ſanté,
Qui s'augmentent toûjours ſur ce brillant Viſage;

Je dis comme aſſeuré de la part d'Apollon,
Que delà les François doivent prendre un preſage,
De voir naiſtre en un mois un Auguſte Poupon.

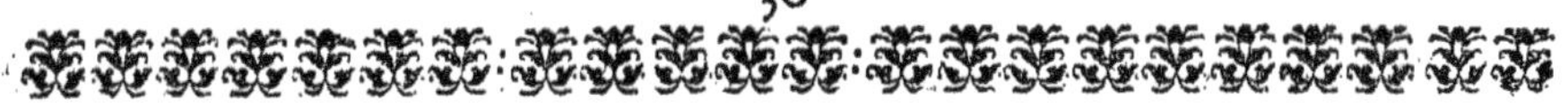

SONNET.

REJOUISSANCE AU SUJET DE LA GROSSESSE DE MADAME LA DAUPHINE.

BErgers que l'on prepare un Sacrifice à *Pan*,
Que le Barbare immole Aigle, Tigre & *Guenuche*,
Que tout le monde chante en depit de *Satan*,
L'Enfant qui doit aimer le fer plus que la *Pluche*.

Ses Armes feront fuir l'Ennemy comme un *Fan*,
Jusqu'icy c'est pour nous comme un Miel dans la *Ruche*,
On festera ce jour comme le jour de *L'an*,
Au pays de l'Elan au pays de l' *Autruche*.

Le grand Nom de Heros seurement luy est *Hoc*,
François contre un Cesar vous n'en ferez point *Troc*,
En mille & mille endroits il trouvera sa *Niche*.

Sa devise sera : *Nec pluribus im-* *par*,
Comme à LOUIS LE GRAND, qui met l'Espagne en *Friche*,
On luy sera soûmis sans dire mais ny *Car*.

SONNET.

PRONOSTIC SUR LA GROSSESSE DE

MADAME LA DAUPHINE.

Comme l'Arcadien reconnoist le Dieu *Pan*,
Comme dans l'Amerique on trouve la *Guenuche*,
Comme dans les Enfers est tourmenté *Satan*,
Comme dans tout le monde on estime la *Pluche*;

Ainsi dans nôtre France il doit naistre un beau *Fan*,
Suivi de ses subjets comme un Roy d'une *Ruche*,
Applaudi, respecté, beni mille fois *L'an*,
Redoutable au Lion & terrible à l' *Autruche*.

Pour luy l'on prophetise & pour luy tout est *Hoc*,
Prendre un autre pour luy seroit un mauvais *Troc*,
Au Temple de la Gloire il doit avoir sa *Niche*,

Dans l'espace de temps, qu'il faut pour dire *Par*
Ce puissant Conquerant pourra tout mettre en *Friche*,
Qui le voudra loüer, sera reduit à *Car*.

SONNET.

HOROSCOPE DE L'ENFANT DE MARIE-ANNE-VICTOIRE-CHRISTINE DAUPHINE DE FRANCE.

QUoy que ce qu'on predit ſoit difficile à *croire,*
J'entre dans les deſtins que je dois a- *dorer,*
Et je vois qu'un Enfant ſe va faire ad- *mirer,*
Naiſſant deſſus le Thrône au milieu de la g- *loire.*

Ce que de ſes Ayeuls nous liſons dans l' *Hiſtoire,*
Ce que nôtre temps ſeul nous en peut *aſſeurer,*
Dans ma prediction ſuffit pour m'ecl- *airer,*
Que ne fera-t-il pas cet Enfant de *Victoire?*

Il tiendra les mortels chacun dans ſon *devoir,*
Il ſçaura de la France augmenter le pou- *voir,*
Il empeſchera bien que ſur Luy l'on n'ex- *celle,*

Il donnera des Loix à cent Peuples d- *ivers,*
Que dis-je, ſa Grandeur peut eſtre univer- *ſelle,*
S'il eſt vray qu'un ſeul Roy peut domter l'Uni- *vers.*

SONNET

SONNET

SUR LE CHANGEMENT DE COMBATS AU SUJET DE LA GROSSESSE DE

MADAME LA DAUPHINE.

LE plus puiſſant Dauphin qu'on ait veu ſur la *Terre,*
De qui nous attendons de glorieux *exploits,*
Aſſeure deja ceux qui vivront ſous ſes *loix,*
D'eſtre nourris de miel & couronnés de li- *erre.*

Bien-toſt d'un Petit Fils on entendra la *voix :*
Voulant pour quelque temps que le fer ſe re- *ſerre,*
Et ſi le Cœur François ne peut vivre ſans *guerre ;*
De la guerre Bachique il faudra faire *choix.*

Le Grand LOUIS va voir rejoüir ſon Em- *pire ,*
Il veut pour ce ſujet que ſon Soldat re- *ſpire,*
Il ordonne qu'en Paix ce jour ſoit at- *tendu.*

Livrons-nous cependant des Combats *volontaires,*
A Bachus juſques-là rendons-nous *tributaires,*
A l'Enfant nous rendrons ce qui luy ſera *du.*

I

SONNET
SUR L'ACCROISSEMENT
DE LA
FAMILLE ROYALE.

AU Monarque qui fait du Monde la *Terreur*,
Toute Prosperité de long-temps est pro- *mise*,
On en voit des effets, qui font nostre *surprise*,
Et tous ses Envieux en crevent de *fureur*.

Une nouvelle Epouse a formé l' *entreprise*,
D'entretenir sans fin l'Ennemy dans l' *horreur*,
Pouvant deja compter Trois Testes sans *erreur*,
Dont il faut que le Nom sur luy s'immorta- *lise*.

Il faut se retrancher jusques dans les *Enfers*,
Si l'on veut resister, sans tomber dans les *fers*,
Contre les grands Destins d'une de ces Trois T- *estes*.

LOUIS deja terrible aux autres Souver- *ains*,
Fait naistre dans son Fils le desir des Con- *questes*,
Son Petit Fils verra tout venir dans ses *mains*.

SONNET
EN ACCROSTICHE
SUR LA NAISSANCE
DE
MONSEIGNEUR

D ans le profond repos d'une Paix glorieuſe,
U ne choſe ſembloit inquieter les Cœurs,
C hacun vouloit ſçavoir, pour comble de faveurs
D 'un Prince deſiré la Naiſſance douteuſe;
E nfin la Nation des François trop heureuſe,
B enit cent fois les Cieux dans un excés d'ardeurs,
O btenant un Enfant qui fera ſes douceurs,
U n jour environné d'une Gloire pompeuſe;
R egardez à plaiſir ce Fruit de voſtre Cour,
G rand Roy, pour qui les Cœurs ne reſpirent qu'amour,
O quel contentement maintenant vous tranſporte!
G lorieux dans le temps & de Guerre & de Paix,
N 'eſtes-vous pas certain que la Couronne eſt forte,
E t qu'un troiſiéme Appuy ne manquera jamais?

LUDOVICO MAGNO

Postquam Te clarum bello VICTORIA fecit
Et grande adjectum est pace sequente decus;
Quod poterat votis optari FATA dedêre,
Iam læto gaudes tempore factus Avus.

www.ingramcontent.com/pod-product-compliance
Ingram Content Group UK Ltd.
Pitfield, Milton Keynes, MK11 3LW, UK
UKHW020428220726
13923UKWH00005B/2143